KB220751

갈수록 진한

# 갈수록 진한

2025년 5월 16일 제 1판 인쇄 발행

지 은 이 ㅣ 이영애
펴 낸 이 ㅣ 박종래
펴 낸 곳 ㅣ 도서출판 명성서림

등록번호 ㅣ 301-2014-013
주    소 ㅣ 04625 서울시 중구 필동로 6(2층·3층)
대표전화 ㅣ 02)2277-2800
팩    스 ㅣ 02)2277-8945
이 메 일 ㅣ msprint8944@naver.com

값 12,000원
ISBN 979-11-94200-96-3

# 갈수록 진한

이영애 세번째 시집

도서출판 명성서림

# 시인의 말

빙하처럼 얼어붙은

얼음을 녹이듯

용광로처럼

오로라처럼 신비로운

갈수록 진한 사랑

향기 그윽한 마음꽃을

피우고 싶습니다

# 목 차

# 1부

## 고향

# 고향

내 고향 김천은
서쪽으로 소백산맥이 너울너울
황악산 아래 직지사
사명대사가 출가하신 곳
녹원 스님 출가하시고 입적하신 곳

아랫마을 직지천이 굽이굽이 흐르고
뻐꾸기 울어 예는 푸르른 숲 하늘
사택舍宅과 직지초등학교 운동장은
유년 시절 나의 터전이었고 놀이터였다

교정의 함성과 만국기 펄럭이던 운동회
햇빛 쏟아지는 미루나무 속 매미들의 합장
술래잡기 사방치기 시냇가 멱감던 친구들
앵두꽃 살구꽃 피는 산골의 보리밭 물결

호랑나비 고추잠자리 참새 훠이훠이
진달래 머루 오디 새빨갛게 물든 입술
달래 냉이 쑥 한 바구니 가득 채우고

뒷동산 소나무에 메어놓은 그네를 타며
나비처럼 날아 무지개를 수놓았었다

대문에서 들여오는 으흠 헛기침 소리
아버지 말씀은 항상 골이 깊고 경건했다
텃밭에서 따온 애호박과 푸성귀 반찬에
콩국수를 밀어주시던 어머니의 구수한 손맛

세월을 돌리던 건넛마을 물레방앗간
교문 앞 점방 색깔 고운 빨간 왕사탕
강산도 변하고 이제 모두가 사라졌다
갈수록 진한 유년의 향수 여울져 타오른다

# 꽃은 향기로

사랑한다
미워한다
구분하지 않는다

희망도
마음의 상처도

격려와
축하와 사랑도

굳이 말하지 않는다
바람의 향기로 전할 뿐

# 지는 꽃에

말한다 봄이

엄동설한 견디며
몸치장하고 오더니
벌써 떠난다고

다들 반기며 즐거워하는데
기다리고 기다려 만났는데

이렇게 눈웃음 지으며
마음을 주고받아 행복한데

벌 나비 희롱 새들의 노래
봄바람에 그네도 타보고
연인들 사랑도 맺어주고

한두 달 더 묵고 가면 좋으련만
찰나의 환희 이랑에 심어 두어야 하나

# 시공 時空

행복의 씨앗은 불행
불행의 씨앗은 행복

슬픔의 씨앗은 기쁨
기쁨의 씨앗은 슬픔

미래의 씨앗은 지금
현생의 씨앗은 과거

배반의 장미꽃
이 모든 것이 찰나의 순간

허공 속에 돌고 돌아
생성되는 근원

# 매화

선암사 홍매화

눈꽃 속 연약한 살결
속살이 부끄러워 얼굴 발그레

설한풍에도 지지 않더니
봄바람에 꽃비로 지고 있네

냉엄한 옛 선비의 마음을
흔들어놓은 전설들

아~ 순정은 이런 것일까요

선정禪定에 든 스님 품에 안기어
봄날은 가고 있네

# 바람

손을 내밀어
춤추는 내 머리칼을
어루만지네요

입술로
내 볼에 입맞춤하네요

한 걸음 한 걸음
낙엽을 밟으며
같이 걸어가재요

조금 더 힘내라고
등을 밀어줍니다

# 해맞이 기도

언덕 위 소나무
옹이가 박히고 허리가 휘어도

올 한해도 모두 강녕하시라고
동해를 바라보며
우리의 기상을 지켜주시네

다사다난하지 않은 해 어디 있었던가

새해엔 태양처럼 힘이
솟구치라고 기도하고 계시네

사시사철 항상 푸른 마음
믿음직한 그가 있어 외롭지 않네

# 항상 새날

새해 첫날이라 새날인가

어제도 오늘도
항상 새로운 새날일세

밤이 지나고 나면 다시 새날
봄 여름 가을 겨울

시간은 멈추지 않고
앞으로만 달려간다

뒤로는 갈 수 없는 너와 나
새로운 만남 새 희망

나날이 새록새록 새날
지구가 도는 한 끝없는 변화
새로운 시작 날마다 새날

# 인생이란

잔물결 같다가
폭포처럼 곤두박질치다가

강물이 되어 흐르다가
호수가 되어 잠잠하다가
바다가 되어 허허롭다가

돛단배로 유람선으로
서산에 노을처럼 불타오르고

두둥실 흘러가는 구름이고
바람같이 지나가는 하숙생

# 뉘 뭣고

나는 어디서 왔을까

사랑 질투 저주 분노 갈등
수많은 의심 1,700가지

시시각각 변하는 마음을
어찌 다 알 것인가

섣불리 말하지도 짐작하지도 말자

들숨 날숨 길을 따라
소리에 귀를 묻고

큰 숨 깊이 들이쉬고
숨소리 나지 않는 소리를 듣는다

# 2부
# 청계천의 봄

# 재생

허공의 눈물은 희생
대지는 목을 축이고
산천은 생기를

지구촌의 희비애락
전쟁과 평화

죽음이 과연
슬픔인가
행복인가
윤회인가

자연에서 다시 생명이

# 삶

인생은 무엇입니까
세월은 무엇입니까

하루살이는 아침에 태어나서
점심에 사랑하고 저녁에 새끼 치고
새벽이면 세상을 하직합니다.

매미도
개구리도
거북이도
우리 인간도

그렇게 살다가 가네요

# 여름 자막

개망초꽃 무리가
뭉게구름 피워 올리고

포도 넝쿨 평상에 누워
소망이 알알이 익어가던 시절

점심엔 꽁보리밥
풋고추 상추쌈에 눈 흘기며

저녁엔 강된장에
몰랑몰랑 밥 위에 찐 호박잎

열무김치 오이냉채 가지볶음
감자튀김 꿀맛이었지

동영상 속 그리움은
파도처럼 넘실대며
마음을 짠하게 우려내네요

# 정릉천 수묵화

눈바람 멎은 날

눈 녹은 모래 자갈밭
비둘기 잡초 속을 헤집는다

한 끼 식사는 되는지

날씨가 추워선지
잉어들은 어디로 가고
청둥오리도 자취를 감추고

눈 덮인 산책로는
수묵화로 변했다

얼음 밑으로 흐르는
물소리 처량하게만 들린다

# 청계천의 봄

수양버들 늘어지게 땋은 머리
연둣빛 살랑살랑

서울의 한복판으로
청둥오리 부부 동반 봄나들이

허리 굽힌 키다리 학
미꾸라지 일품요리 포식하네

봄 햇살 활력 비타민 듬뿍
산책 나온 사람들 생기 가득

산달 가까운 잉어 부인
수초 밑 아방궁에서 용꿈 꾸어요

개천에서 용 난다지요

# 허수아비

눈부신 가을 햇살
황금 들판에서
광란의 춤을 추며
굿판을 벌인다

헤진 옷이면 어떠냐
남루한 옷이면 어쩌랴
아픈 눈길로 보지 마
비웃지도 마

이건 내 기쁨이고
바램이야

선글라스에
광대처럼 짙은 화장을 하고
배 터지도록 웃으며
허리 휘도록 춤을 추리

꽹과리를 치고 피리를 불어요
둥둥둥 북소리 울리며
우리 다 함께 풍년을 노래해요

# 전설 같은

애지중지
숙제하고 나면 촉이 둔해
침을 발라 필기하던 때
그 시절 생각하면
전설 같은 이야기죠

모나미 볼펜
몸통에 몽당연필 끼어 쓸 때
아껴가며 절약하며
공부도 더욱 열심히 하였지요

비록 작은 것 하나에서부터
그런 시절 있었기에
대한민국 경제 대국 이루었다면
요즘 젊은 세대들이 이해할까

# 콩나물

하늘 높이 오르려는 꿈을 꾼다
머리에 꼬리를 달면서
도 레 미 음계를 탄다

목을 쭉 빼고
발성 연습을 한다 솔 라 시 도

거문고 같은 빗줄기를 타고
가락에 젖는다

경쾌한 아침이다
고음의 아이들이
아침 식탁 위로 올라왔다

음표들이 건반을 두드리며
쏘나타를 연주한다

다 함께 지휘봉에 맞춰
노래 부르며 춤을 춘다

# 서릿발

전염병처럼 바람을 타고 번져
은행나무 지레 겁에 질려
가진 돈 다 내놓고 생 똥을

단풍나무 붉으락푸르락 혈압상승
황달에 시달리던 상수리나무
핏덩이 같은 씨알을 토한다

휑하니 썰렁하다

서릿발 강풍에 미련도 내려놓고
까치밥 홍시마저 다 내어주고
긴 겨울 여정 내밀한 마음 길
불씨 같은 씨알 하나
가슴 깊이 묻어둔다

눈발이 날리기 시작한다
이제는 가진 것 다 내려놓는다

# 물안개

밤새도록 달님 안고
사랑 나누더니

새벽 안개꽃으로
피어오르네

이별이 아쉬워 피워내는
애틋한 사랑의 불태움

연기인가
한숨인가
입김인가

사랑의 서기瑞氣인가

# 3부

# 갈수록 진한

# 장미와 호박꽃

여왕처럼 화려한 의상
리비도 향기에
오가는 사람들 유혹하며
톡 쏘는 도도함까지
축제마다 요염한 자태
장미는 화무십일홍이라

촉박한 땅
주어진 환경에 순응하며
고향 지키는 후덕한 아낙네
보물 같은 자식들
금은보화 가득
황금이 넝쿨째 주렁주렁

# 능소화

어찌 그리
뻔뻔하고 자신만만한가

예의는 아랑곳없이
여기저기 기어올라

남의 몸에 의탁하여
자신을 뽐내는가

마치 주인이나 된 것처럼

그렇지만
너의 화사함이 미소와 생기를 주니
그냥 묻고 봐줄까나

# 사랑이 흘러

배 속에 있을 때 아들일까 딸일까
손가락 발가락 다 있을까
공포와 두려움 견뎌 냈지요

천사 같은 미소에 넋을 잃고
예쁜 짓은 나 닮았다
못난 짓은 당신 닮았다 핀잔주며
옹알옹알 옹알이에 말했다고
하루에도 열두 번은 거짓말했지요

딸 보곤 예쁘게 자라 공주처럼
아들보곤 장군처럼 씩씩하게
살라 하며 동네방네 자랑했지요

진자리 마른자리 수없이 갈아주며
추울세라 더울세라 입혀주고 먹여주고
수수 백번 대답하고 사랑했지요

그렇게 크고 나니 말 안 듣고 막무가내
하다 하다 안 되면 네 마음대로 살라 합니다

그런다고 그게 다가 아니지요
결혼하면 더는 말할 수가 없어요
그저 천지신명께 무탈하게 살아가길
기도합니다

그래도 울타리가 든든하다며
내리사랑 손자 손녀 재롱 보고
닮은꼴 얼굴이라고 뿌듯해합니다

 모든 게 다 그렇게
그렇게 흘러가네요

# 항아리

넓은 항아리에
맑은 물을 담았습니다

푸른 하늘
하얀 구름이
소풍왔습니다

해와 달도 오셨다 갔습니다
우주가 유영합니다

마음도 따라 유영합니다

# 갈수록 진한


바람의 손길이 온몸을 감싸 안아
어루만지고 토닥여 줍니다

계곡 물소리가 귓속말로 속삭여요
어제보다 더 진한 말로 화답합니다

폭포의 합창이 오케스트라 연주로
새들의 애달픈 사랑 노래도 곁들여요

새싹이 파르르 떨고 있네요
풀잎에 이슬 밤사이 별들이 울었나 봐요
꽃망울도 동글동글 땀방울이 맺혔어요
앙증맞은 민들레꽃 아가들의 머리핀
찔레꽃 향기는 엄마의 분 냄새
발레리나의 꿈을 펼치는 난초꽃

지금 이런 느낌
모든 걸 용암처럼 뜨겁게
그들을 사랑하고 있나 봐요

# 군자란

연년이 한 번씩
꽃다발을 안겨 준다

그것도 부케로

보고 움직이고
말도 하는 내가

가꿔주지 못한 마음
한참 모자라 부끄럽다

어떤 환경에서도
꿋꿋이 도리를 다하는
내밀한 군자 같은 성품

그래서 군자란인가 보다

# 비오시는 날

빗금을 그으며
음표들이 우수수 떨어진다
낙수받이 쿵쿵 드럼을 친다

나뭇가지 흔들 흔들
기타를 치며 박자를 맞추고
잎새들 추임새 넣으며
덩실덩실 춤을 춘다

정원의 작약꽃
검붉은 드레스를 휘감으며
정열의 플라멩코 춤을 춘다

온몸을 흠뻑 적시는 한 여름

# 갈대

백발의 노신사
바른 소리 쓴소리랑 깊숙이 묻고

찬 서리 맞고
폭풍 한설 몰아쳐도

쉰 목소리 흥얼흥얼
춤과 노래로 풀어낼 뿐

곧추세우다간
부러지고 상처만 남지요

노을이 짙어가는 들판
휘모리장단에 살풀이춤을

# 10월의 노래

코스모스 피어있는 가을 들녘에
라라의 스카프 두르고
하늘하늘 치맛자락이 휘날린다

바람은 비단처럼 감겨오고
그대와 나 사랑의 순간순간
바람결에 흩어진다

어느 한 가지도 어제와 같지 않아
여백 속에 절규만이
공허하게 메아리친다

그대가 떠난 자리에 하얀 서리가
눈부시도록 반짝인다

# 어머니 2

도라지꽃이 피었다
꽃 속으로 어머님이 오셨다

투박한 손 아직도
도라지 향내가 난다
심신 산골 그곳에서도
도라지 껍질을 까고 계시나요

이젠 좀 쉬셔요 어머니
반창고 좀 떼시고 손 좀 다듬어요

저희 걱정은 마세요
도라지 반찬 잘 만들고 있어요

보랏빛 얼굴이 머쓱해
고개를 살래살래...

4부

행복이란

# 불일불이不一不二

꼬챙이로 개미굴을 쑤시고
쌓아놓은 식량창고와 집을 파괴했다

무소불위의 힘을 사용하여 훼방을
우왕좌왕 허겁지겁 비상사태다

개미집은 쑥대밭이 되고 아우성을 지르며
천추의 원수이며 악마가 왔다고 통곡한다

신들도 우리에게 이렇게 하나

지진 화재 전염병 쓰나미가 덮쳐 오고
회오리바람에 홍수 산사태 앞에선 속수무책

우린  작은 개미와 무엇이 다르지

# 신호대기

몸에서 신호를 보내온다

목이 뻣뻣해지고
관절은 삐거덕거리고
다리는 저리고 손발이 차디차다

귓속에서 밤낮으로
기차가 요란하게 달려오고
눈에는 거미가 망을 치고 있다

이런다고 119를 부를 수도 없네
거역할 수 없는
대자연의 섭리인 것을

방 하 착!

# 이름 값

내 이름은 이영애

유명 배우 이영애 덕을 본다
산소 같은 여자 이영애
그런데 나는 물 같은 여자
이영애라고 소개한다

값으로 따질 수는 없지만
덕 보는 이름이다

# 나목 裸木

축제 때 화려한 옷 하나씩 버리고
왜 이렇게 떨고 있나요

웅크리지 말고
알몸을 당당히 보여요

연륜이 쌓여가니 참모습
더 거룩하게 보여요

철없던 시절 나풀나풀 춤추며
다독여 주던 파란 물결의 날

하나하나 그리움으로 간직하고
혹독한 겨울을 이겨 내야죠

튼실한 가지와 몸을 만들어
다시 돌아올 가을 축제 땐

더욱 화려한 드레스를 입어요

# 알아차림

매일 일어나는 기적을
감사와 행복인 줄 모르고
바보처럼 살았네요

눈도 잘 보이고
말도 잘하고
귀도 잘 들리고
두 다리 멀쩡하고
두 팔을 자유자재로
손으로 청소도 빨래도
무엇이든 할 수 있다는 것
이것이 기적인 것을

그 누군가의 간절한 소원은
움직일 수만 있다면
들을 수만 있다면
말할 수만 있다면
볼 수만 있다면

기적이 일어나기를
간절히 기도하지요


온몸에 기적을 안고 사는
하루하루
이제 감읍합니다

# 행복이란

갓난아기였을 때
자지러지는 울음소리에
혹시 바늘에 찔리었나
안았다 업었다 집안을 맴돌며
까만 밤을 하얗게 지새웠던
기억이 새롭다

그렇게 애간장을
녹이던 손자가
일주일에도 몇 번씩
안부 전화를 준다

할아버지 할머니
몸은 괜찮으세요
건강 조심하세요

사랑해요
오늘 수학
만점 맞았어요


믿음직한 목소리
기쁜 소식
감동으로 풋풋하게 들려온다

# 폭설

비상계엄이다

온 세상 악취와 더러움을 덮고
산과 들 천지는 하얀 왕국

교통이 두절 되고
동물들은 동굴로 피신
파릇한 새싹들 수면 마취

하늘과 땅 경계는 무너지고
백색 장막을 드리운 채

정의와 불평불만은 정적 속으로
오롯이 흑백 논리로 저항한다

# 모시 올

살가죽 햇빛 달빛 하늘빛 썩어
한 많은 인고의 세월 담아

침 바르며 삼 줄 이어
실핏줄 보이는 뽀얀 무릎
빨갛게 부풀다 굳은살 박히고
이빨은 닳고 닳아 톱니 되어 없어졌네

모시 올 사이 바람에
인고의 체취가 바람에 실려 오네


* 구재기 선생님 시집 (모시 올 사이로 바람이)을 읽고

# 노숙자

온기 하나 없는 바닥에
상자 조각
신문지 한 장

무슨 사연 얽혀
이 지경이 되었을까

누구의 아들일 텐데
누구의 아버지일 텐데

그도
따뜻한 비단 포대기에 싸여
엄마 품 요람에서
방긋방긋 웃었던
행복한 시간 있었겠지

초췌한 얼굴
초점 잃은 눈빛

이 야속한 세월아

# 머리를 감다

빗질한다

한 움큼의 머리칼을 모은다

잎이 떨어진다
우수수

신열이 지나가고
나는 고요에 잠긴다

스산한 가을
내 우물을 바닥까지 비워낸다

5부

기다림

# 멈춘다는 것

가을비는 추적추적
찬 바람이 불어요

몸에 혈기 빠지니
노숙자 되었네요

이제는 더 이상
편히 쉴 곳 없구려

어떤 생명체도
멈춘다는 것은 분명한데

# 삶의 잔액

하룻낮 하룻밤

새록새록
일 초가 거룩하다

딸과 많은 얘기도 하고
아들과 문자도 보내고
손자 손녀 덕담도 나누고

거미줄처럼 엮인 이승의 인연
만나고 또 만나고

그래도 샘물처럼 마르지 않는
감사와 행복이 있어 퍼내고 있어요

# 어린 왕자

일곱 번째 지구별
무엇을 성찰하나

부다페스트 전철을
등지고 앉아 있는 어린 왕자

사람 중엔 여우 같은 사람
뱀 같은 사람 황소 같은 사람
가지각색이지

좋고 싫고 나쁜 것도
다 마음 작용이라네

노을이 불타는 저 수평선
모든 순간을 삼켜 버리고 있어요

바람은 여전히 불고 있고
밤하늘에 무수한 별들이
아드리아 해안을 밝히고 있네요

 어린 왕자여!

사람들은 무얼 향해 가고
지구별은 왜 전쟁으로 얼룩져야만 해
우리 소크라테스 형님별을 만나보아요

# 봄2

와!
사춘기다

생식 호르몬이 마구 솟는다
여기저기에서 여드름이 돋아난다

개나리로
목련으로
벚꽃으로
진달래로

대지는 울긋불긋
만화방창이다

# 접시꽃

접시꽃이 헤프게
밝은 함박웃음을 터트려요
활짝 목젖을 내놓고 웃고 있어요

푸른 하늘을 보세요
근심 걱정 털어버려요
웃음 크리닉입니다
우하하하 우하 으하하

신기하게도
근심 걱정이 다 날아가요

# 숨어 우는 울음

장마에 축대 무너지고
무너진 돌담 사이로
귀뚜라미 폴짝폴짝
스산한 바람이 불어온다

장독대 옆 맨드라미
잘났다고 으스대고
갓 시집온 봉숭아꽃
씨알 주머니 터트린다

저 멀리 가을 햇살 손짓에
썰물이 지나간 자리처럼
한낮 서글픔이 허허롭다

귀뚜라미 씨르륵 씨르륵
부뚜막에 찾아들어
속울음 함께 울어준다

# 돈이란

누런 황금이고 똥이다

배설하지 않으면
변비에 장이 꼬이고
복통이 온다

배설하면 속이 후련하고
심신이 편안해진다

아끼고 베풀지 않으면
인색하다 비난받고
쪼잔하고 쪽팔린다

좋은 일에 희사하면 은혜롭고
마음은 오히려 풍성한 부자

있으면 아낌없이 베풂을

# 백두산 천지

입김은 뽀얀 안개로
휘 바람 몰아 가슴을 연다

여명이 밝아오고
신령스러운 서기가 오른다

해님도 구름도 바람도
품에 안았다

수정같이 맑은 눈
우주를 담고 있다

# 기다림

얼빠진 찌개를

다시 끓이고
데우다 닳고 졸아

언어들은
뽀얗게 증발하고

마음은 해바라기처럼
대문을 향하고

바람 소리에 주파수
안테나를 하늘 높이 쏘아

기다림의 판타지는
날개 치며 날아간다

# 부부2

칠천 겁의 인연
어떻게 만난 인연인가요
귀하고도 귀한 인연입니다

연인으로 날개를 달고
에덴동산에 집을 짓고
질풍과 노도의 숲을 헤쳐
황혼에 그림자를 밟으며
손을 맞잡고 걸어갑니다

이젠 분장도 필요 없는
우린 로맨스그레이
대추처럼 쪼그라든 얼굴
거룩한 이름표를 달고
여보 영감 여보 할멈

이제 서로 보호자가 되어
병원에서 서명합니다

# 6부

# 아버지의 자전거

# 낙엽

나의 스승이요
인생의 철학자입니다

책갈피 속에 숨어
소녀의 꿈을 키워주고

기쁨과 슬픔도 가르쳐 주고
굽이쳐 흐르는 고통의 강물을 보게 하고
상처받은 사람들 위로도 줄 수 있게 하고

따뜻한 눈물도 흘리게 하는 스승님

# 말 말 말

말은 칼이야
잘 쓰면 작품을 만들고
잘못 쓰면 난장판이 되는 거야

말은 총알이야
잘 쏘면 축포
잘 못 쏘면 살인이 되는 거야

말은 요술이야
잘하면 천 냥 빚도 갚고
잘못 말하면 재앙이 되는 거야

말은 예술이야
음표를 달면 노래가 되고
함께 하면 대합창이 되는 거야

말은 금이야
귀한 보물이니
낭비 말고 적당한 침묵이 필요해

말은 친구도 적도 전쟁도
위대하고도 위험한 폭탄이야

# 아버지의 자전거

60년대 우리 집 자가용

장날이면 멸치 오징어 북어 1포씩
한 달 밑반찬 양식해 놓으시고

명절이면 30리 길 큰집에도 가시고
이곳저곳 쉼 없이 삶의 바퀴 굴리셨다

고향마을 동구 밖 푸르른 들판
친지 형제들 큰어머님 미소가
초가지붕 박넝쿨에 주렁주렁

심장 요동搖動 소리 거친 숨소리는
사랑의 애절한 연가

아버지 단내나는 콧김에
내 머리칼에 서리 이슬 맺히고

페달 속 굴러가는 소중한 말씀
끈기 위엄 사랑 가슴에 담았었다

# 자격증의 항변

책장 서랍 속에서
자격증들이 항변한다
왜 이렇게 가둬만 두냐고

옆집 S대 물리학 박사도
가정 살림만 하는데
무슨 불평이야 편하고 좋지

활동하면 실적을 내야 해
그게 얼마나 스트레스 받는 건데

얼굴 간판은 달고 넌 놀고먹는 거야
실력은 녹 쓸었겠지만 이게 상팔자지

불평하지 말아요
그래도 네 덕에 나 많이 덕 본단다

# 홍시

딱딱하고
떫디떫은 파란감

햇살 먹고
바람 먹고
세월 먹고

달콤하게 빨갛게 익어
된서리 견디다 속살까지
말갛게 곰삭았네

할머니 젖가슴처럼

# 은행나무 아래

황금 부채를 달고 바람을 일으킨다

여긴 전쟁도 도둑도 없어요
나무 아랜 쫙 누렇게 깔려있어요

쏘나타도 티코도 모두 도금해드리고
트럭엔 잔뜩 황금을 실어드립니다

언덕 위 꽃동산도 장독대 위에도
아스팔트 길에도 수북수북 쌓였어요

모두 천상의 미소를 지으며
황금을 돌보듯 밟고 지나갑니다

가을 햇살에 반짝이는 황금 나라

# 오징어 게임

재물 명예 전쟁 약탈

인간들은 스스로
오징어 게임을 하고 있다

그래 봐야
천둥 번개 지진 홍수를
막을 수 있을는지

생노병사는 또 어떻게

# 처방 處方

울적할 때 산으로 가면
꽃과 나무들이 속삭이며
향기로운 산 내음에
마음이 차분해지는
안정제를 먹여줍니다

답답할 때 바다로 가면
파도가 후려치는 소리에
마음이 숙연해지며
풋풋한 바다 내음에
진정제를 먹여줍니다

# 몽환

세뱃돈 알 바 돈 모아 저축하여
빌딩 사고 수영장 딸린 집을 짓겠다는
초등생 손자 꿈이 야무지다

돈 돈 하얀 눈처럼 푹푹 쌓여
빨간 벽돌집 뜰앞 수영장 잔디 위에
비치파라솔 수영복에 선글라스
백발에 내 모습 수영장에 얼비치네

심술궂은 태양 질투가 이글이글
호랑나비 부채 바람 졸음을 부추기네

# 마음

시시각각 변하는 요물단지

새가 되어 날아다니다가
호랑이가 되어 으르렁거린다

타지마할 무덤 속을 걸으며

번뇌 망상의 블랙홀에
허우적거리다가

바로 지금 여기
컴퓨터 자판에 머리를 조아린다

# 7부

# 벼랑 끝 신비

# 사과나무

등불을 달았구나
주렁주렁 많이도 달았네

햇살 먹고 바람 먹고
말씀도 달콤해

진리가 따로 있나
몸소 희생 보여주니

사과나무 당신이
속이 깊은 철학자 같소

# 붓

붓은 마술사

파랗게 노랗게 빨갛게 하얗게

봄으로
여름으로
가을로
겨울로

모든 세상 만물이
붓끝에서 부활하네

# 더 이상

마음 밭에
잡초를 뽑아요

매일 뽑고
또 뽑아요

꽃씨를 뿌려
정성을 들여요

꽃들이 아름답게
피어납니다

새와 나비들이
모여듭니다

환희로 가득 찬
정원이 되었습니다

# 벼랑 끝 신비

절벽 바위틈
홀로선 소나무

비바람에도
늠름하고 초연하다

벼랑은 결코
죽음이 아니다

생명력의
위대함이 경이롭다

신비한
아름다움과 깨우침

감탄하며
우러러보는 절경이다

# 산머루

망울진 눈동자 향기 가득
빨갛게 익어 곰삭은 술이 되었다

새빨갛게 농익은 사랑
갈대숲 바람결에 머물게 하고
그대 이름 불러보지만
메아리만 남아 잡을 수가 없네

진달래도 피었다 지고
들국화도 쓸쓸히 가고
단풍도 삭풍에 떨어지고
하늘도 멀어만 지네

산비탈 언덕으로 물들어가는 사랑
머루주 잔속에 노을이 불타고 있네

# 할미의 사랑

봄바람에 흔들리는
솜털 보송보송한 할미꽃

사랑으로 키워낸 자식들
보고 싶어

목메어 부르던 이름
허공에 흩어지고

눈물은
밤하늘에 별빛 되어 반짝반짝

진자주 빛 융단 옷 걸치고
꼬부랑 꽃으로 환생하셨네

할미꽃은 바로 당신과 나

# 노년의 축복

탱글탱글 파란 사과
싱그럽다만 이가 시리다

물렁물렁 농익은 수밀도
입안에 극치 이가 편안하다

비바람 벼락 맞고
빨갛게 여문 대추
쪼글쪼글할수록 달디달다

익어가는 것 완숙되는 것
늙어보지 않고는 알 수 없는
노년은 생각나름 축복받은 선물

# Covid-19

넌 우리의 삶을
다시 보게 하였다

이웃과 함께함과
커피 한잔의 대화가
얼마나 고마운지를

너로 하여 깨닫게 되었다
때론 악질 병도 교훈을...

# 제행무상 諸行無常

비가 쏟아진다
법당 앞마당이 수영장이 되었다

아이들이 좋아라 좋아라
물 제비가 되어 신나게 논다

온몸을 흠뻑 적시며 물썰매를 타고
풍선 공이 날아와 축구장이 되었다

창공을 날던 새들은 날아가고
회색 하늘은 마구 빗금을 그어대며
정답이 아니라 하고

연꽃에 떨어진 빗방울은 동그라미를
만들며 맞았다 하고

추녀 끝 낙숫물이 염주 알이 되어
법당 앞마당을 가득 채운다

범종 소리에 모두 합장을 한다

# 참새

엄숙한 대웅전에
감히 마음대로 들락날락 누구신가

큰 스님 머리 위를 지나
부처님 앞에 놓인 정한수와
공양미를 눈치코치 없이 마음대로 포식한다

합장하고 절하는 신도님들 옆을 총총히 지나
큰스님 법문 함께 경청하자는가

억겁의 세월 쪼아먹는
저 이는 전생에 무엇이었을까

# 8부

# 하늘 구름

# 하늘 구름

파란 캔버스에 그림을 그린다
구름밭에 목화가 흐드러지게 피었다

초가집도 태산도
부처님도 예수님도 공자님도
모란꽃도 갈대숲도

저녁노을 속에 화려한 궁전
채색이 아름답고 신비롭다

하루해가 사라지고 버드나무 오솔길
시냇물 소리도 숲으로 스며들고
물질하던 노파도 바쁜 걸음 재촉한다

큰 바위와 돌멩이들이 자라
계림산 바위가 그려지는 하늘 구름

# 현충일에

대지에 묻힌 용사의 영혼들
심장의 고동소리가 들린다

조국을 위해 산화한 청춘
곳곳마다 곧게 일어나
머리에 벼슬을 달았다

이글거리는 태양아래
구름처럼 흘러가는 세월

붉은 피가 솟는
맨드라미꽃으로 피어나는

그들의 심정을 알아주고 싶네

# 바람의 손

바람은
천 개의 손을 가졌다

부드럽고 따스한 손
차갑고 매서운 손

산들바람 샛바람 마파람
서쪽에서 불어오는 하늬바람

봄 잔디 파릇파릇
진달래 꽃샘바람

바람은 원한도 미움도
다독이는 어머니의 손

# 시인은

밤하늘에 별도 따고
달을 오려
조각배도 만들고

만년설로
모란꽃도 만들고
저승사자와
구슬치기도 하고

빨간색을 파랗게도
허수아비가 태양을
돌리게 하는 형이상학

시를 쓸 때면
천지를 창조하듯 신도 되고
도사가 되기도 한다

# 선인장

제 몸에 바늘을 꽂고
의식의 경계를 넘어

인고의 꽃을 피워
환희와 행복을 주시네

무한한 신비의 세계
득도하여 선인이 되셨네

# 유리잔


아무것도 숨길 것이 없어요
가슴 속까지
훤히 다 보여 주니까요


속없는 사람이라 의심하지만
순정만은 비밀을 지켜드려요


진정 단둘이 함께라면
빨간 포도주 빛 진한 사랑을
당신에게 가득 채워 드려요


함부로 장난치고 상처 준다면
믿음과 존경 만사가 끝장입니다


상처받은 아픔들이 송곳이 되고
쓰나미처럼 무섭게 변한답니다


사랑은 오직 진정이랍니다

# 앨범 모자이크

인생 반세기가 흘렀네
이 많은 사진 어찌할꼬

내 품을 떠나면 천덕구니 될 터인데
팔다리 얼굴 가위로 싹둑싹둑
너무 흉측한 형벌이다
세제에 수장하니 흔적 없이 사라진다

혼자만의 추억이 미련의 끈을 잡고
뫼비우스의 띠처럼 엉기어 온다

로마의 휴일 진실의 입
영화주인공처럼 가슴 두근거리던 때
트레비 분수 동전들이 윤슬로 일렁인다

사이판 해변 물고기와의 러브스토리
샹그릴라와 옥룡산 고산병 산소 스프레이
가족들과 즐거운 순간 심연 속 숨바꼭질

핸드폰 속에 울려오는 아들의 목소리
"버리긴요, 제가 보관할게요"

쓸데없는 소리라고 혼자 중얼대고는
일부 사진을 큰 화판에 모자이크한다

반세기를 한눈에 보는 작품탄생
한 생의 역사가 모자이크 속으로

# 히말라야 깃발

고통과 희망
피도 눈물도 냉각된 곳

신은 왜
그들을 불러들이는가

휘둘리는 칼춤 속에
빙하의 굿판이 냉엄하다

맑고 맑음이 지나쳐
산빛은 더욱 짙고
윤슬은 더욱 빛난다

생존의 숨소리는
오롯이 정제된 희망을 안고
고지에 깃발을 꽂는다

나마스테! 나마스테!

# 고향 소나무

강산이 여섯 번 변했네
인걸은 간데없고

시냇물 졸졸 세월 따라가고

뒷동산 그네 타던 소나무
반룡송이 다 되었겠네

난 못 잊어 또 그리워서
반룡송 그려 화폭에 담아두었네

# 아! 대한민국

사계절이 아름다운 자연
독창적인 문화와 전통
세계적인 K-팝 김치와 한복

철 따라 여행 다니며
식도락에 행복 누리는
자유로운 나라

주민센터에 가면
체육관에서 헬스하고
취미 생활 건강관리
할 수 있지요

의료보험 예방접종
건강검진 삶의 질 높이고

쾌적한 화장실 편리한 지하철
노인요양시설 돌봄서비스

복지시설 잘된 나라
참 좋은 나라 대한민국

작품평설

발간사

발문

<작품 평설>

# 무상의 결, 자비의 숨결 - 이영애 시 세계론

나용준(문학박사, 시인)

이영애 시인의 시는 마치 바람에 실려 오는 이슬과 같다. 형상은 없으나 감각은 분명하고, 언어는 간결하되 여운은 길다. 그의 시 속엔 자연의 숨결, 존재에 대한 물음, 현실에 대한 연민, 그리고 깨달음에 이르는 길목들이 은은히 펼쳐진다. 이 시세계는 불교적 사유와 실존적 질문, 삶의 다층적 장면들이 어우러진 '한 편의 선시禪詩'처럼 읽힌다. 본고에서는 그의 시를 다음 여섯 개의 소주제로 나누어 조망하고자 한다.

## 1. 무상과 연기의 시학 - 사라짐 속의 진실한 꽃

이영애의 시에서 가장 먼저 감지되는 정서는 무상함

이다. 모든 것은 피고 지고, 오고 가며, 존재와 부재는 경계 없이 이어진다. 시 「지는 꽃에」에서 시인은 이렇게 읊조린다.

> *"기다리고 기다려 만났는데*
> *이렇게 눈웃음 지으며*
> *마음을 주고받으니 행복했는데"*

하지만 그 꽃은 결국 떠난다. 시인은 애써 붙잡으려 하지 않는다. 자연의 섭리에 순응하듯, '한두 달 더 묵고 가면 좋으련만'이라는 체념 속에, 오히려 더 깊은 생의 이해가 담긴다. 꽃은 봄을 알리지만, 지는 꽃은 봄의 끝을 알려준다. 그 끝에서 시인은 더욱 정갈한 미학을 발견한다. 이와 같은 정서는 시 「매화」에서도 선명하다.

> *"설한풍에도 지지 않더니*
> *봄바람에 꽃비로 지고 있네*
> *선정에 든 스님 품에 안기어*
> *봄날은 가고 있네"*

꽃은 피어나기 위한 존재가 아니라, 스스로 지기 위한 존재이기도 하다. 시인은 그 '지고 있음'에서 내면의 고요함, 그리고 진정한 아름다움을 본다. 이것이야말로 불교의 '무상'과 '연기'를 가장 아름답게 시화한 예라 하겠다.

## 2. 자아의 해체와 본연으로의 회귀 - 나는 누구인가

> "나는 어디서 왔을까?"라는 질문으로 시작되는
> 시 「뉘 뭣고」는 시인의 자아 인식에 대한 본질적
> 인 물음을 던진다.
> "사랑 저주 질투 분노 갈등
> 수많은 의심 1,700가지
> 시시각각 변하는 마음을
> 어찌 다 알 것인가?"

이 시는 선문답의 형식을 차용하여, 자아에 대한 집착을 내려놓고 그 이면에 숨겨진 본래의 자기를 찾으려는 수행의 길을 암시한다. "들숨 날숨 길을 따라 / 숨소리 나지 않는 소리를 듣는다"는 구절은 곧 무심과 공空의 상태에 다다르려는 구도의 호흡법이다.

이런 자아 해체의 맥락은 시 「허수아비」에서도 이어진다.

"헤진 옷이면 어떠랴

남루한 옷이면 어쩌랴

아픈 눈길로 보지 마

비웃지도 마

이건 내 기쁨이고 바램이야"

겉으로는 초라하지만 내면은 자유롭고 기쁨에 찬 존재. 이는 타자의 시선에서 자유로운 '무아無我'의 상태로 향하려는 시인의 자기 선언이다. 사회적 자아의 옷을 벗어던지고, 본래적 존재로 돌아가려는 이 시는, 근원적인 자유와 진정한 기쁨의 의미를 묻는다.

## 3. 자비의 시선과 자연과의 감응 - 함께 숨 쉬는 세계

시인에게 자연은 그저 배경이 아니다. 풀 한 포기, 꽃 잎 한 장, 바람과 안개, 모든 것이 감정과 생명을 지닌 존재로 다가온다. 시 「물안개」에서 시인은 새벽 안개를 다음과 같이 표현한다.

"밤새도록 달님 안고

사랑 나누더니

새벽 안개꽃으로 피어오르네"

자연은 사랑하고, 이별하고, 다시 피어오르는 존재다. 그 감정의 움직임은 인간과 다르지 않다. 시 「갈수록 진한」에서는 별빛과 이슬을 통해 자연의 감정 세계를 더욱 구체화한다.

"밤사이 별들이 흘린 눈물
풀잎과 꽃망울에 맺힌 이슬까지도
앙증맞은 민들레꽃 아가들의 머리핀…"

이처럼 자연물 하나하나에 감정의 결을 부여하고, 그것들과 일체화되는 감각은 불이不二와 자비심의 발현이다. 시 「비 오시는 날」에서는 나뭇가지, 잎사귀, 빗방울 모두가 악기가 되어 리듬을 만든다.

"나뭇가지들 흔들흔들 기타를 치며 박자를 맞추고 잎새들 추임새 넣으며 덩실덩실 춤을 춘다"

이 연기는 시인이 자연과 '함께 존재하는' 법계를 그린 장면이다. 감상자가 아닌 동참자로서의 시인의 입장이 잘 드러나 있다.

## 4. 현실의 그림자와 인간 존엄에 대한 연민
### - 따뜻한 응시

이영애 시의 강점 중 하나는 초월적 사유와 함께 현실에 대한 예리하고 따뜻한 관찰을 병행한다는 점이다. 시 「노숙자」에서는 사회적 가장자리로 밀려난 인간 존재를 향한 깊은 연민이 드러난다.

　　*"온기 하나 없는 바닥에*
　　*상자 조각*
　　*신문지 한 장*
　　*무슨 사연 얽혀*
　　*이 지경이 되었을까"*

시인은 거리 위에 쓰러진 한 인간의 현재를 보며, 그 이면에 숨어 있을 지난 기억과 사연을 상상한다.

　　*"누구의 아들일 텐데*
　　*누구의 아버지일 텐데*
　　*그도 따뜻한 비단 포대기에 싸여*
　　*엄마 품 요람에서*
　　*방긋방긋 웃었던*
　　*행복한 시간 있었겠지"*

이 장면은 단순한 동정이 아니라, 인간 존재에 대한 총체적인 회복의 요청이다. 누구나 한때는 사랑받았던 아이였다는 그 사실 하나로, 시인은 모든 존재가 존엄함을 갖는다고 믿는다. 이는 곧 불교적 자비의 눈길이기도 하다.

시 「돈이란」은 자본주의 사회의 물질적 욕망을 불교식 은유로 풀어낸 기발한 작품이다.

"돈이란 똥이다
배설하지 않으면
변비에 장이 꼬이고
복통이 온다"

이 직설적이고 유머러스한 비유는 곧 돈의 순환이 생명과 사회의 건강에 얼마나 중요한지를 비유적으로 드러낸다. 돈은 쌓아두는 것이 아니라 흘려야 하며, 베풀고 나누는 데서 그 본래의 의미를 찾는다고 시인은 말한다.

시 「말! 말! 말!」에서는 언어의 본질과 위험성을 동시에 짚어낸다.

"말은 칼이야.
잘 쓰면 작품을 만들고
잘못 쓰면 난장판이 되는 거야"…
"말은 총알이야.
잘 쏘면 축포
잘 못 쏘면 살인이 되는 거야"

언어는 곧 행위이며, 때로는 존재를 살리거나 죽이기도 한다. 그러기에 시인은 "말은 금이야 / 귀한 보물이니 / 낭비 말고 적당한 침묵이 필요해"라고 말한다. 이 구절은 언어의 신중한 사용이 곧 인간성의 품격이라는 것을 암시한다.

## 5. 상상력과 이미지의 시학 – 꿈의 진실을 좇는 붓끝

이영애 시의 또 다른 축은 상상력과 이미지의 자유로운 전개다. 시 「몽환」은 손자의 '세뱃돈으로 빌딩을 사겠다'는 유쾌한 꿈에서 출발하여, 환상과 현실이 중첩되는 공간을 만들어낸다.

"빨간 벽돌집 뜰앞 수영장 잔디 위에
비치파라솔 수영복에 선글라스
백발에 내 모습 수영장에 얼비치네"

꿈속의 이미지 속에서 시인은 노년에 접어든 자기 자신을 바라본다. 이는 단순한 상상이 아니라 시간의 흐름, 세대 간의 연결, 존재의 반복과 순환을 내포한다.

이 상상력은 시 「붓」에서 더욱 본질적인 차원으로 확장된다.

> "봄으로
> 여름으로
> 가을로
> 겨울로
> 모든 세상 만물이
> 붓끝에서 부활하네"

붓은 단지 물감의 도구가 아니라, 세계를 새롭게 창조하는 시인의 손이다. 시인은 세계를 '보는' 자가 아니라 '짓는' 자다. 그에게 시는 상상의 유희가 아닌, 존재를 다시 쓰는 수행이다.

시 「시인은」에서는 시인의 존재론적 역할이 더욱 직접적으로 드러난다.

> "밤하늘에 별도 따고
> 달을 오려 조각배도 만들고

*만년설로 모란꽃도 만들고…*

*신도 되고 도사가 되기도 하네요"*

이 선언은 곧 시가 우주를 형상화하는 수행임을 드러낸다. 시인은 현실을 재구성하고, 시간과 공간을 넘어 진리와 환상을 넘나드는 '영적 창조자'로 자리매김한다.

## 6. 사랑과 신뢰, 순정의 미학 - 깨지기 쉬운 진실함

사랑은 이영애 시의 또 하나의 본질적 주제다. 그러나 그녀가 말하는 사랑은 낭만적 열정이라기보다는 존재의 본질에 관한 것이다. 시 「유리잔」에서는 사랑의 투명성과 그로 인한 상처 가능성을 묘사한다.

*"아무것도 숨길 것이 없어요*

*가슴 속까지 훤히 다 보여 주니까요*

*속없는 사람이라 의심하지만*

*순정만은 비밀을 지켜드려요"*

유리잔은 투명함의 상징이자, 깨지기 쉬운 존재의 상징이다. 순정을 지키는 태도는 진실한 존재의 표현이지만, 그 투명함은 때로는 상처로 되돌아온다.

  "송곳이 되고
  쓰나미처럼 변한답니다"

사랑은 감정이 아니라 실존의 행위이며, 그 신뢰가 배신당했을 때의 내면 붕괴는 삶의 토대를 흔드는 충격으로 나타난다.

## 7. 맺으며 – 깨달음의 꽃을 피우는 시인의 붓끝

이영애의 시는 단지 아름답거나 감성적인 언어의 나열이 아니다. 그 속에는 존재에 대한 깊은 물음과 생에 대한 자비의 응시, 그리고 무상을 통과한 순정의 흔적이 살아 있다. 그의 시편은 하나의 선문답이자, 작은 깨달음이며, 찰나 속의 영원이다.

그녀의 시를 읽는 일은 사유의 행위이며, 동시에 감응의 수행이다. 이 시편들 앞에서 우리는 잠시 멈춰 서게 된다. 그리고 묻는다.

'나는 누구인가?'

'무엇이 진정한 사랑인가?'

'지금 여기, 이 존재를 어떻게 받아들일 것인가?'

그 질문들 앞에, 이영애 시인은 응답 대신 작은 숨결을 건넨다. 하나의 시구, 하나의 이미지, 하나의 침묵 속에서 말이다. 시는 끝나지만, 깨달음은 남는다. 마치 한 송이 붓꽃처럼.

# 세 번째 시집 발간을 축하드리며!

## 문용주
### (시산문학작가회 고문, 참살림수행원 원장)

이영애 선생님은 시산문학작가회에서 처음 뵙고, 첫 대면 때 세 번 놀랐습니다. 먼저 여러 수상과 대상을 받은 화가임에 놀랐고, 시를 매우 잘 쓴다는 데 놀랐고, 신심이 매우 깊어 불교신도회와 포교사 등 다양한 활동을 하는데 다시 놀랐습니다. 기본적으로 재능이 뛰어난 분임을 느꼈습니다. 시작詩作 활동하면서 만나면 만날수록 양파 껍질 벗듯 몰랐던 모습을 하나둘 알게 되고 조용하면서도 사회적으로 선한 영향력을 크게 끼치고 있는 분임을 새롭게 알게 되었습니다.

평소 시는, 예술과 인문학의 경계에 있으면서, 예술적 자질을 발휘하게 하는 것은 물론 철학 역사 심리 언어 등을 아우르는 인문학 전반을 다루고, 치유도 하고 마음도 다스리는 효과가 있다고 생각해 왔습니다. 알고 보면 선생님은 이를 그대로 생활에서 실천하고 있었습니다. 그림을 그리며 예술을 하는 시인을 넘어 시를 쓰고 인문학을 하는 예술인으로서도 그 영역을 점차 넓혀가고 있습니다. 그러한 시인으로서의 자질과 능력이 문단 여러 곳에서도 인정받고 점차 그 활동범위 또한 커지고 있습니다. 지금까지의 결과에 만족하지 않고 끊임없는 열정으로 그동안 쓴 시를 모아 이제 세 번째 시집을 발간하면서 새삼 시인으로서의 위상을 다시 확인하게 됩니다.

시는 시인의 순수한 마음을 정직하게 담는 문학적 표현방식이며 동시에 자신과는 물론 독자와 소통하는 도구입니다. 시의 형식 속에 많은 체험과 상상을 함축시켜 표현하기에 비록 짧고 간단한 문장이나 그 속에 있는 시어와 구절, 행간과 여백에는 시인의 인격과 삶이 녹아 있습니다. 감성이 있고 사유가 있으며 통찰이 있고 행복이 있습니다. 역사가 있고 철학이 있으며 인생이 있고 세상이 있습니다. 그런 시를 모은 시집은 그 사람, 그 삶, 그 경험, 그 세계 자체라고 할 수 있습니다. 이영애 선생님의 인격과 삶의 흔적을 담은 세 번째 시집 발간을 다시 축하드리며, 왕성한 창작 활동으로 한국 문학의 발전을 위해 많은 공헌을 해 주시기를 바라는 동시에 앞으로도 문운이 계속 번성하기를 기원합니다.

2025년 4월

# 멈추지 않는 꽃 웃음

## 소백 전호영
### (시인, 詩山 회장)

꽃샘추위가 한겨울을 벼린 몸을 움츠리게 하지만 파란 하늘에 흰 구름, 산들바람에 몸을 맡기는 봄이 왔음은 자명한 일이다. 개나리 진달래 벚꽃 꼿꼿이 꽃잎을 모두고 짧은 봄날을 뜬눈으로 지키는 춘삼월이 바로 하늘엔 영광 땅에는 평화 그 시절이 아닐는지….

이영애 시인님이 3번째 시집을 발간한다는 뜻깊은 시절이 10여 년 전 벚꽃 날리는 처음 인연이 닿았던 그 시절이라 새삼 기쁘고 설레고 내 일인 양 흐뭇하기까지 하다.

오랜 공직생활과 화가로서의 영광을 뒤로 하고 비교

적 늦은 나이에 시작詩作에 몰두해 어언 3번째 시집을 발간하니 그 노력이 어찌 쉽다고 편하다고 할 수 있을까? 아마도 남모를 고통과 인내의 시간을 견딘 성과이리라.

시인의 나이에 샘물처럼 끊이지 않는 열정이 그렇고 꽃처럼 해맑음이 그렇고 봄풀처럼 순수함이 그렇고 돌이켜봄에 참 아이러니가 아닐 수 없다. 절대 녹록지 않은 詩의 길에서 어느새 뚜렷한 자기만의 색깔을 내고 있으니….

나는 이영애 시인님의 시풍을 한마디로 요약한다면 꽃 웃음이라 말하고 싶다. 이미 꽃인 아름다움에 웃음까지 장착하고 있으니 이 세상 어느 누가 미소를 짓지 않을까? 비교적 쉬운 언어로 사물을 그리듯이 써 내려간 필체가…. 그렇지, 시인은 화가였었지! 사물을 세밀히 묘사하는 화가의 눈썰미가 시에 옮겨와 정물화처럼 시를 그리고 그림 속에서 보이지 않던 마음마저 시로 표현해내고 있다.

한때 시인의 몸이 마음이 끊어진 연처럼 방황할 때가 있었음을 안다. 실체가 불분명한 코로나 백신 후유

증으로 매사에 의욕을 잃고 상실감이 가득했던 시절에 뭐라고 말하기도 조심스러웠는데…

다행히 모두 극복하신 듯하다. 흥이 날 때면 나오는 특유의 너털웃음도 간간이 들을 수 있었으니…

모쪼록 멈추지 않는 꽃 웃음으로 시인을 아끼고 사랑하는 모두의 가슴에 오래도록 밝고 맑고 아름다운 시어들을 속삭여주시길 간절히 바랍니다.

2025년 4월

# 정화수로 피운 꽃송이를 보며

### 이혜우
(시인시대 회장)

따스한 봄바람 타고 전해오는 소식, 화가이면서 시인인 이영애 시인의 3번째 시집 출간을 축하드린다.

섬세하고 고귀한 예술의 미를 추구하는 화백이요, 자랑할만한 창작을 발표하는 시인 이영애 님의 새로운 시집 출간을 부러워한다. 그동안 마음 밭에 꽃씨를 뿌린 새싹이 시詩로 승화昇華하여, 4월에 피어 나는 아름다운 꽃처럼, 활짝 웃으며 독자 앞에 나서는 한 권의 시집이 탄생하기까지, 준비하며 정성을 다하는 모습이 애틋하면서도 아름답고 존경스럽다.

그동안 배워 터득한 옥구슬과 같은, 시어詩語들과 온 누리를 떠도는 학술어와 함께, 명언, 금언, 신조어, 나이 든 상투어까지 몰려와 집안의 벽, 방바닥, 천장에까지 나열한다. 저마다 잘난 듯이 내민 얼굴을 보니 기승전결을 앞세워 숭고미, 우아미, 소박미, 상징미, 관조미, 골계미까지 오감 오체 시詩의 미학이 보인다.

선녀들 오색 탕에서 목욕하듯이 간결하게 옷 입히고, 그들을 품어 성격 면접을 보고, 선별하여 궁합을 보고, 행마다 연마다 공들여 인연을 맺어준다. 어떻게 하면 가슴 시리게 하여 감동을 줄는지 무의식에서 이뤄지는 표현행위로 그 속에서도 가족 사랑이 우선하고 사연마다 다양한 내용이 여유 있어 값지다.

청룡의 알 청란인 듯이 백룡이 낳은 백란인 듯이 그렇게 탄생한 오늘의 시집 『갈수록 진한』이 탄생했으리라 생각되어 다시 한번 축하한다. 카네기는 말했다 "우리는 모두 자신도 모르는 가능성을 가지고 있다"라고 앞으로 이영애 시인은 어떠한 야망을 품고 있는지 훌륭한 시인의 꿈을 이루기 바란다.

2025년 4월
시인시대 회장 이혜우

1984년 서울시 교육감 표창(제2359)

1989년 서울대 보건대학원 감사패 수령

1992년 서울특별시 모범교원 표창(제1589)

1997년 국민대 행정대학원 자랑스러운 동문인상

1998년 국민대 행정대학원 공로패 수령(국민대 행정대학원장)

1999년 KDI SCHOOL Excellence상(EduCom정보교육)

1999년 국민대 행정대학원 석사학위 논문 최우수상 수상

2000년 경희대 NGO대학원 공로패 수령(NGO 대학원 대학원장)

2000년 경희대 NGO대학원 공로상 수상(제20005호)

2003년 교원단체 총 연합회 큰 스승 대상(제2003-02333호)

2005년 교육인적자원부 장관상 표창(제1453호)

2006년 자랑스러운 동문인상(국행대원 동문회장)

2007년 교육공로상 표창(제2007-3608호)

2008년 대한민국 근정포장 대통령(제80337호)

2010년 제13회 세계평화 미술대전 특선

2010년 국제종합 미술대전 특선(제0185호)

2010년 제20회 공무원 미술대전 동상 (제4944호) 및 입상 다수

2010년 제46회 경기미술대전 입선(제경미 10—상 97호)

2010년 제29회 대한민국미술대전 특선(비구상)

2011년 제6회 경향신문 미술대전 특선

2011년 제27회 무등미술대전 입선(제13560호)

2012년 제13회~20회 정수미술대전 입선(제9241호)

2013년 제14회 정수미술대전 입선(제9966호)

2014년 제35회 현대미술대전 특별상(제290호)

2014년 제12회 겸재진경 미술대전 특선(제14—196호)

2014년 제24회 공무원 미술대전 입선(제2014—135호)

2014년 국민대 행정대학원 감사패 수령(총 동문회장)

2015년 제36회 대한민국 현대미술대전 특별상

2015년 제36회 대한민국 현대미술대전 초대작가 추대

2015년 제13 겸재진경 미술대전 입선(제15—237호)

2015년 제16회 정수문화 미술대전 입선(제11647호)

2016년 문예비전 신인상 및 등단패 수령(2016.101호 수록)

2017년 행정대학원 총동문회 공로패 수령 및 고문위촉

2017년 제29회 허난설헌 문학상 수상

2018년 한국 국토행양환경미술대전 우수상(제18–218호)

2018년 국민대 행정대학원 감사패 수령(국민대 총장)

2018년 에피포토 문학상 수상(미국)

2018년 제39회 대한민국 현대미술대전 특선(제347호)

2018년 세종문학상 시부분(제2018 제013호)

2018년 불교문학대상 수상(2018–12–2호)

2019년 시인시대 문학상(제2019–01–07호)

2019년 불교대학 문수지혜상제(63–310–86)

2019년 시산문학대상(제14호)

2019년 제20회 대한민국 정수문화 미술대전 입선(제16450호)

2019년 대한불교조계종 불교대학 공로상(제2563–1205)

2019년 문학신문 문인회 공로상 수령(2019 제022호)

2020년 서경 갤러리작품전 감사장(제2호) 수령(지방경찰청장)

2021년 한민통여성 교육원 특임 이사장직 감사패 수령(한민통 총재)

2021년 조계사 불교대학원 학업성적 우수 모범표창장(제65–26215호)

2021년 한류스타 작가상 한국화 대상(제202112–AM01호)

2021년 한국미술진흥원 초대작가(제202112–AK33호)

2022년 동대문 미술협회 감사장 수령(제2022호)

2022년 시인시대 공로패 수령(시인시대 문학회장)

2022년 나라사랑 공로패 수령(나라사랑 문학회장)

2023년 한국화 초대 작가상(제202301-kp003호)

2023년 한국화 대상, 네티즌 인기 작가상(제202301-KPI38호)

2023년 반가사유사상 수령(조계사 주지스님)

2024년 국민대 행정대학원 40주년 기념 감사패 수령(대학원 원장)

2024년 통일안보 현장 소감문 우수상패 수령(한민통 총재)

2024년 청안문학 시조신인상 및 등단패 수령(청안창작 대학원)

2024년 문예춘추 이은상 문학대상 수령(문예춘추 이사장)

2025년 표암문학인 상 수상 및 상패(제 2004-11호)
        (경주이씨 중앙화수회 회장, 표암문학회 회장)